Isadora Marília Passos

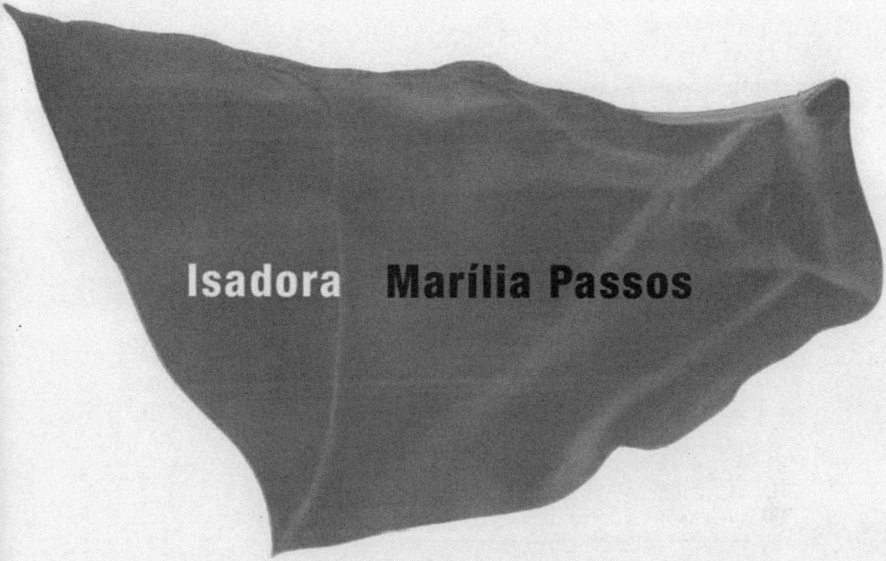

Isadora   Marília Passos

Uma peça de teatro inspirada na autobiografia
de Isadora Duncan

 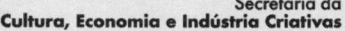

© Marília Passos, 2024
Todos os direitos desta edição reservados à Editora Labrador.

Coordenação editorial Pamela J. Oliveira
Assistência editorial Leticia Oliveira
Projeto gráfico Luiz Stein
Capa Luiz Stein Design (LSD) com Victor Hugo Ceccato
Imagem de capa VH
Diagramação Nalu Rosa, Marina Fodra
Preparação de texto Andresa Vidal
Revisão Jaqueline Corrêa
Revisão dramatúrgica Aimar Labaki
Gestão IC Cultura
Coordenadoras de produção Bia Ramsthaler, Aryane Barcelos

Este projeto foi integralmente realizado com o apoio do Edital ProAC Expresso Direto nº 22/2023 – LITERATURA / REALIZAÇÃO E PUBLICAÇÃO DE OBRA TEATRAL INÉDITA.

Dados Internacionais de Catalogação na Publicação (CIP)
Jéssica de Oliveira Molinari - CRB-8/9852

Passos, Marília
   Isadora / Marília Passos.
   São Paulo : Labrador, 2024.
   96 p.

   ISBN 978-65-5625-576-7

   1. Teatro brasileiro 2. Duncan, Isadora, 1877-1927 - Biografia I. Título

24-1317   CDD B869.2

Índice para catálogo sistemático:
1.Teatro brasileiro

Labrador

Diretor-geral Daniel Pinsky
Rua Dr. José Elias, 520, sala 1
Alto da Lapa | 05083-030 | São Paulo | SP
contato@editoralabrador.com.br | (11) 3641-7446
editoralabrador.com.br

A reprodução de qualquer parte desta obra é ilegal e configura uma apropriação indevida dos direitos intelectuais e patrimoniais da autora. A editora não é responsável pelo conteúdo deste livro. Esta é uma obra de ficção.

Para Maria Cecília, minha mãe.

"Eu tinha um sonho e direcionei minha vida para conquistá-lo. Sempre fiz o que quis. Não há dúvida de que por vezes, isso me conduziu à desgraça e à miséria, mas pelo menos posso dizer que usei todas as minhas forças para realizar aquilo que acreditava."

Minha Vida – Isadora Duncan

"Ontem à tarde, Isadora Duncan saiu à passeio em um carro de corrida. Aconteceu que a echarpe que lhe envolvia o pescoço e que à princípio esvoaçava agitada pelo vento, acabou por se enroscar em uma das rodas do carro. Sem que pudesse pedir qualquer socorro ou mesmo fazer um simples gesto, Isadora viu-se estrangulada com tal violência que sua morte foi instantânea."

Notícia dada pela rádio, por ocasião
da morte de Isadora.

PERSONAGENS

Isadora Duncan
Mary Duncan
Senhora Williams
Raymond Duncan
Empresário de circo
Rodin
Gordon Craig
Repórter
Paris Singer
Cigana
Leonor (off)

ATO I

CENA I

Isadora, vestindo as túnicas gregas que usou em toda sua vida, tenta dançar com uma echarpe na mão. Mary, sua mãe, está ao piano, tocando uma música alegre. Isadora se esforça para dançar, interagindo com a echarpe, mas não consegue.

Isadora
Mãe?

Mary para de tocar e se assusta ao ver Isadora.

Mary
O que a vida fez com você, Isadora?

Isadora
Estou cansada.

Mary
Que rosto triste.

Isadora
A senhora também tem o rosto triste. Venha cá, deixe-me ver uma coisa.

Isadora pega Mary pelo braço e a leva até a frente do palco. As duas olham para o mesmo ponto, além da plateia, como se mirassem um espelho.

Isadora
Olhe como estamos parecidas. Nossas vidas foram tão diferentes e vejo em nosso rosto a mesma dor.

Mary
Somos mulheres. Mulheres não são felizes.

A mãe retorna ao piano e volta a tocar música alegre.

Mary
Você tem que dançar, Isadora.

Isadora ainda tenta dançar, mas desiste.

Isadora
Por que não foi me ver?

Mary continua a tocar.

Mary
Dance, Isadora.

Isadora
Com tudo que passei, como pôde me deixar sozinha?

Mary
Você recebeu as minhas cartas?

Isadora
E você? Recebeu as minhas?

Mary
Dance, Isadora, dance.

Isadora, fazendo um grande esforço, vai dançando até a mãe e coloca a echarpe em seu pescoço. Mary para de tocar e se livra da echarpe em desespero.

Isadora
Entende agora?

Mary
E o que eu podia fazer por você? Somos muito diferentes, Isadora.

Isadora
Mas você é minha mãe!

Mary
E te apoiei em todos os seus sonhos. Abandonei minha vida, dormi na rua por você.

Isadora
E por que não foi me ver no momento em que mais precisei?

Mary
Não tinha mais nada para lhe dar.

Isadora
O que faço agora?

Mary pega a echarpe e a coloca na túnica de Isadora, incorporando-as como se fossem um único tecido.

Mary
Você precisa voltar a dançar.

Isadora acaricia o rosto da mãe.

Isadora
Onde estão aquelas pessoas tão cheias de sonhos? Conquistamos tudo o que desejamos! Por que o resultado foi tão trágico?

CENA II
Entra Senhora Williams, cheia de formalidade. A mãe volta para o piano e Isadora faz uns passos de dança alegres e joviais.

Senhora Williams
Então quer deixar os Estados Unidos e ir dançar em Londres?

Isadora
Eu acho que a sociedade inglesa está pronta para entender a grande revolução que quero fazer na arte.

Senhora Williams
Você não sabe dançar com sapatilhas de ponta e acha que vai cruzar o oceano e revolucionar a dança?

Isadora
Mas é justamente isso! O balé é feito de gestos vazios! Minha dança representa a alma humana.

Senhora Williams
Quanto anos você já tem mesmo?

Isadora
Dezoito.

Senhora Williams
Com dezoito anos já deveria estar noiva.

Isadora
Meu casamento é com a dança. E então, a senhora pode me emprestar algum dinheiro?

Senhora Williams
Minha querida, sabe que gosto de você e de sua mãe. Não posso apoiar essa loucura de irem para Londres. Se ao menos houvesse um marido para acompanhá-las…

Isadora começa a chorar.

Isadora
A senhora não me entende… Aqui, ninguém compreende minha dança.

Senhora Williams
Não chora, Isadora. Por Deus, que criatura insistente. Aqui está, eu lhe dou trezentos dólares. É um empréstimo, pagará quando puder.

Isadora pega o cheque, feliz. A senhora sai.

Isadora
Raymond, Raymond! Já tenho trezentos dólares.

Entra Raymond.

CENA III

Raymond
Consegui lugar em um cargueiro de gado! Enfim vamos para Londres!

Mary
Um cargueiro de gado?

Raymond
O comandante é muito legal, e serão só duas semanas.

Isadora
Iremos para Londres! Vou conquistar a Europa!

Mary
Como iremos entrar em um cargueiro? Que vergonha!

Raymond
Não se preocupe com tão pouco.

Isadora
Quando chegarmos em Londres, farei dos Duncan uma referência na arte.

Raymond
Podemos entrar no navio com outros nomes. Eu serei Ted O'Gormam.

Isadora
Eu serei Maggie O'Gormam.

Mary
O que faremos para comer quando chegarmos?

Isadora
Tenho os trezentos dólares!

Mary
Trezentos dólares seriam suficientes?

Raymond
Claro! E Isadora logo terá conquistado Londres.
Vou arrumar nossas coisas!

Raymond sai.

Mary
Trezentos dólares! Como éramos inocentes!

Isadora
Tínhamos um sonho e nada nos impediria de conquistá-lo.

Mary
Você tinha um sonho, Isadora.

Isadora
Se o sonho era apenas meu, por que me acompanhou?

Mary
Até hoje consigo sentir o desconforto das noites na rua.

Isadora
Nunca fomos tão alegres e livres. As tardes no Museu Britânico admirando os vasos gregos...

Mary
Os guardas nos enxotando das praças em que tentávamos dormir.

Raymond entra em cena, carregando uma pequena mala.

CENA IV

Raymond
Tenho pena de ver mamãe dormindo na rua.

Mary
Eu já não esperava muito da vida. Minha preocupação era o que seria feito de vocês.

Raymond
Como faremos quando o verão acabar?

Isadora
Tive uma ideia. Venham, me acompanhem e só concordem com o que eu disser.

Isadora fala com alguém que estaria além do público.

Isadora
Desculpe chegar tão tarde. Acabamos de desembarcar do trem noturno. Nossas bagagens? Estão atrasadas, lamentavelmente. Obrigada, senhor. E, por favor, sirva o café no quarto amanhã. Estamos muitos cansados.

Isadora dança alegre.

Isadora
Oi, senhor Taylor. Nossas bagagens ainda não chegaram? Que estranho. Então sirva o jantar no quarto. Não temos roupas para ir ao restaurante.

Isadora continua a dançar.

Isadora
Como alguém pode ter vontade de fazer alguma coisa e não fazer? Eu tinha um sonho e fiz tudo para conquistá-lo.

Isadora continua a dançar. Entra um empresário ricamente vestido.

CENA V

Empresário
Bravo, bravo! Aqui mora a dançarina dos pés nus?

Isadora
Como disse?

Empresário
Represento o maior circo de Berlim e vim para contratá-la.

Isadora
Não compreendo o que diz.

Empresário
A senhorita será uma das estrelas de nosso circo.

Isadora
Um circo?

Empresário
Vou tirá-la dessa miséria.

Isadora
Eu nunca dançaria em um circo.

Empresário
Dançará em teatros?

Isadora
O dia em que dançar em Berlim, serei acompanhada pela orquestra filarmônica.

Empresário
Recusa, então?

Mary sai do piano como se estivesse chegando em casa.

Empresário
A senhora é a mãe de Isadora? Aqui, esse dinheiro é seu.

Mary
Vamos pagar os aluguéis atrasados e comprar carvão!

Isadora
Devolva o dinheiro.

Empresário
Não têm dinheiro nem para comprar carvão?

Isadora
Saia dessa casa e nunca mais volte!

Mary
O senhor escutou minha filha, tenha a bondade de se retirar.

Empresário
Devem ser loucas! Uma espelunca dessa, vestindo trapos, recusarem o contrato!

Empresário sai.

CENA VI

Isadora
Imagine, um contrato para eu dançar em um circo!

Mary
Quando vi aquele dinheiro... Fui ao mercado e só comprei duas batatas.

Isadora
Batatas de novo?

Mary
Se não quer comer batatas, pegue o dinheiro que o senhor ofereceu.

Isadora
Nunca!

Mary
Agradeça, então, que ao menos temos batatas.

Entra Raymond, num estilo bem francês da época — cabelos longos, colarinho baixo e gravata borboleta.

Raymond
Vocês não podem mais ficar nessa cidade fria e cinzenta! Venham para Paris! Lá reconhecerão a dança de Isadora!

Mary
Não sairemos de Londres. Aqui temos onde morar e Isadora está cada vez mais conhecida.

Isadora
Em uma noite, eu danço em salões luxuosos, e no dia seguinte, passamos frio sem carvão.

Mary
Ao menos não dormimos na rua.

Raymond
Precisam estar em Paris! É o centro da Europa!

Mary
Daqui eu não saio. Não enquanto tivermos onde morar.

Isadora
É sobre isso que preciso falar. A senhoria veio aqui pela manhã. Chegarão uns primos do interior...

Mary
E daí?

Isadora
Ela pediu a casa para os parentes. Com os aluguéis atrasados...

Mary
Mas ela é uma boa pessoa!

Isadora
Como foi difícil convencê-la a ir à Paris. Tive que inventar que seríamos despejadas.

Mary
Aquilo foi mentira?

Isadora
Do contrário, teríamos passado a vida comendo batatas.

Mary
Meu sonho era conhecer Paris. Mas e daí? Não queria que meus filhos voltassem a dormir na rua.

Isadora
Mas eram justamente seus filhos que queriam ir à Paris.

Mary
Mães tentam proteger seus filhos, principalmente de seus próprios desejos.

Isadora se cala.

Mary
Você devia ter dado uma família a eles.

Isadora
Você não suportou o casamento. Por que eu deveria suportar?

Mary
Seu pai arruinou minha vida, Isadora.

Isadora
Quando o conheci, fiquei maravilhada em ver que meu pai era aquele homem lindo e bem-vestido.

Mary
Os pais de seus filhos também eram bonitos e bem-vestidos.

Isadora
Eu nunca me sujeitaria a um casamento.

Mary
Talvez tivesse sido mais feliz.

Isadora
Como a senhora?

Mary
Seu pai formou outra família. Eu não tive opção.

Isadora
Sempre temos opções.

Mary
E suas consequências.

As duas ficam em silêncio.

Isadora
Ao menos admite que Paris foi a época mais feliz de nossas vidas? Lembra da minha estreia em Paris? Dancei no salão de Madame Marceu. Nunca tinha visto tanto luxo e tanta gente importante. Rodin estava lá.

Mary
Rodin... Te convidou para passar uma tarde em seu ateliê.

Rodin entra no palco.

CENA VII

Rodin
Que bom que chegou! Não aguentava mais esperar para revê-la, Afrodite.

Isadora
Quando pude imaginar que conheceria o senhor em pessoa?

Rodin
Quando pude imaginar que conheceria uma americana tão encantadora? Sua dança me impressionou. Vejo nela minhas esculturas.

Isadora
É sobre isso que quero falar com o senhor. Sei que me compreenderá. Busco nos movimentos a expressão da parte divina que vive em nós. O senhor entende?
Não é isso o que busca?

Rodin fica quieto, olhando fixamente para Isadora.

Isadora
O senhor está me ouvindo?

Rodin
Claro, ouço tudo que diz. Fale da sua dança.

Isadora
Penso que o senhor transfere ao mármore a mesma emoção que busco com minha dança.

Rodin
Poderia repetir aqueles movimentos em que sobe o braço e traz no rosto uma expressão de devoção?

Isadora
Fala de um momento em que deixo os braços assim e olho nessa direção?

Rodin
Isso, fique assim.

Ele vai se aproximando.

Rodin
Quero fazer uma escultura assim.

Ele começa a passar a mão pelo corpo de Isadora, que não se mexe.

Rodin
Começarei pelos braços, que buscam no céu a resposta de seus apelos.

Mary
Se soubesse suas intenções, nunca a teria deixado ir sozinha.

Rodin continua apalpando o corpo de Isadora.

Isadora
Eu teria dado minha virgindade a ele, não fosse minha educação moralista.

Mary
Educação moralista?

Rodin
Não, não saia da posição, eu lhe peço. Estou sentindo a escultura. Os seios serão fortes, sinuosos. A prova da sua juventude, seu fogo.

Isadora
Sempre lamentei ter fugido.

Rodin
Fique, não se mexa!

Ele começa a levantar a túnica de Isadora. Ela aceita a investida, mas, de repente, sai daquele estado de excitação e se afasta de Rodin, que sai de cena.

CENA VIII

Entra Raymond.

Raymond
"O espírito se projeta num passado remoto, quando Isadora Duncan dança; ela vai até o tempo em que a grandeza d'alma encontrava plena expressão na beleza do corpo."

Isadora
Deixe-me ler, Raymond.

Raymond
Sabia que em Paris alcançaria o sucesso, Isadora!

Mary
O que é isso?

Raymond
Um contrato para trinta apresentações em Budapeste.

Isadora
Um circo?

Raymond
Um teatro, Isadora.

Isadora
Um teatro em Budapeste? Toque o Danúbio azul, mamãe.

Mary vai até o piano e toca. Isadora começa a dançar.

Isadora
Lembra do sucesso que alcancei logo nas primeiras apresentações?

Mary
Lembro-me de tudo. Principalmente do meu desespero quando você desaparecia...

CENA IX

Entra Gordon Craig. Isadora se assusta.

Gordon
Por que roubou minhas ideias?

Isadora
O que o senhor está dizendo?

Gordon
Onde é que foi buscar esse cenário?

Isadora
Inventei essas cortinas quando tinha cinco anos.

Gordon
Isso me pertence! Ideias, cenário... E você é a criatura que sonhei!

Isadora
Mas quem é o senhor?

Gordon
Gordon Craig. Ou talvez deva dizer que sou o filho de Ellen Terry.

Isadora
A maravilhosa atriz?

Gordon
Você que é maravilhosa. É o complemento da minha arte!

Isadora
Qual é sua arte?

Gordon
Vou libertar o teatro do velho cenário realista. Folhas de árvores que se mexem, portas que abrem, jogarei tudo no lixo.

Isadora
Entendo, senhor Gordon.

Gordon
Não me chame de senhor. Somos companheiros agora. Vamos ao meu ateliê, vou lhe mostrar meus projetos.

Isadora
Dê-me seu cartão, quando puder lhe farei uma visita. Minha família me espera.

Gordon
Esqueça sua família, venha comigo.

Os dois saem e entram por outra entrada.

Isadora
Budapeste foi minha consagração. Diziam até que os doentes se curavam ao me ver.

Isadora tropeça e quase cai.

Gordon
Minhas coisas estão espalhadas. Machucou?

Isadora
Não foi nada. Seu ateliê é muito bonito.

Gordon
Sente-se aqui, quero lhe mostrar a minha arte.

Isadora
Só não diga que minhas cortinas são ideia sua.

Gordon
Você é ideia minha! Olhe aqui, são croquis de uma peça de Ibsen. Ele indica um pequeno salão com uma janela ao fundo. Eu vejo um templo egípcio com um teto extremamente alto.

Isadora
Estou vendo.

Gordon
A janela é a fuga dessa sala, que contém toda a tristeza do homem.

Isadora
Você também é um gênio.

Gordon
Eu sei, Isadora. E você faz parte da minha arte. Desde que a vi dançando, tenho certeza disso.

Ele tenta beijá-la, ela sai.

Isadora
Tive um namorado em Budapeste e nossa relação foi muito dolorosa.

Gordon
Esqueça o que viveu.

Isadora
Vi Romeu se transformar em Otelo.

Gordon
Isadora, eu sou a primeira pessoa que a vê de verdade.

Isadora
Minha mãe deve estar me procurando.

Gordon
Você é minha alma gêmea.

Isadora
Tenho que descansar para a apresentação de amanhã.

Gordon
Eu a levo ao teatro amanhã. Sua arte agora é nossa, Isadora. Não nos separemos mais.

Os dois se beijam.

CENA X

Entra Raymond. Mary está extremamente nervosa.

Raymond
Já fui em todas as delegacias. Agora temos que esperar.

Mary
E a imprensa?

Raymond
Continuo dizendo que Isadora está doente. Mas estão loucos por um escândalo.

Mary
Todos os espetáculos adiados... Como Isadora se deixou seduzir assim?

Raymond
Se não aparecer até amanhã, não poderemos assinar o novo contrato.

Isadora vem até eles, feliz e dançando.

Isadora
Não precisam mais se preocupar! Já estou de volta.

Raymond passa o contrato para Isadora assinar e sai de cena. Mary se dirige até o piano e, pela primeira vez, fecha o tampo.

Isadora
Até que enfim achei meu companheiro, mãe. Achei a mim mesma. Não somos duas pessoas, mas uma única.

Mary
Isadora, vou voltar para os Estados Unidos.

Isadora
Como?

Mary
Não precisa mais de mim.

Isadora
Como vai embora?

Mary
Como pode desaparecer sem dar notícia? Cancelar os espetáculos? Tudo para estar com aquele... aquele...

Isadora
Sou livre para fazer o que quiser.

Mary
É por isso que parto. Mas para o seu bem, deveria se casar.

Isadora
Você foi casada. Quer que eu faça o mesmo?

Mary
Cada um tem a sua história.

Isadora
Uma mulher que aceita se casar merece as consequências de sua decisão.

Mary
Sua decisão também traz consequências.

Isadora
Quais consequências?

Mary
Falam de você.

Isadora
Quem fala?

Mary
Toda a sociedade, as notas dos jornais. Coisas que me envergonho de ler.

Isadora
Que falem! Não me importo.

Mary
Estou cansada. E você não precisa mais de mim.

Isadora
Olhe o luxo desse quarto, mãe. Não há nada que nosso dinheiro não possa comprar. Por que ir embora?

Mary
Um dia terá seus filhos, Isadora. Dedicará o melhor da sua vida a eles. E um dia, eles se afastarão. Nesse dia, entenderá por que parto.

Isadora tenta ir atrás da mãe, que vai se sentar ao piano, mas é interrompida por um repórter.

CENA XI

Repórter
Quando começou a dançar?

Isadora
No ventre materno. Durante a gravidez, minha mãe só conseguia se alimentar de ostras e champanhe. Talvez tenha sido por causa disso, do alimento de Afrodite.

Repórter
De onde veio a inspiração de sua dança?

Isadora
Minha arte nasceu do mar. Minha primeira ideia veio do ritmo das águas.

Repórter
Você teve uma infância pobre?

Isadora
Pobre e livre. Minha mãe passava o dia fora dando aulas de piano, então vivíamos soltos. Essa vida selvagem também me inspirou.

Repórter
Como pretende deixar um legado para o mundo da dança?

Isadora
Vou abrir uma escola de dança. Estou adotando quarenta crianças e vou ensiná-las a verdadeira beleza.

Repórter
Ensinará seu método?

Isadora
Ensinarei a serem intérpretes da alma. Essa escola será um grande legado para o mundo!

Entra Gordon Craig.

Gordon
Por que me chamou, Isadora?

Isadora
Vamos finalizar por aqui? Obrigada pela entrevista.

Repórter
Posso tirar uma foto de vocês juntos?

Gordon
Nada de fotos.

Repórter
Isadora, não poderia se aproximar de Gordon para uma única foto?

Gordon
Saia daqui. Já disse, nada de fotos.

O repórter sai.

CENA XII

Isadora
Não precisa ficar tão irritado.

Gordon
Por que me chamou? Sabe que não suporto repórteres.

Isadora
Ele está muito impressionado com minha dança e precisava fazer a entrevista hoje.

Gordon
Impressionado com sua dança... Só querem saber de fotos, isso sim!

Isadora
Amanhã minha escola estará na capa do jornal!

Gordon
Preciso ir.

Isadora
Sente, meu querido. Acalme-se. Tenho uma coisa para lhe contar.

Gordon
Se é para falar de sua nova turnê, já estou sabendo.

Isadora
Por que está tão irritado? Só por causa do repórter?

Gordon
Isadora, esqueça sua dança. Temos a minha arte.
Juntos, podemos revolucionar o mundo.

Isadora
Você é um gênio, querido, não tenho dúvida disso,
mas como esquecer minha dança?

Gordon
Podemos revolucionar o teatro com meus cenários.

Isadora
Acha mesmo que devo deixar de dançar para
montar cenários?

Gordon
Claro. Por que faz tanta questão de subir ao palco
e remexer os braços?

Isadora
O que disse?

Gordon
Por que faz questão de remexer os braços?

Isadora
Cenários são apenas complementos, Gordon. Sem uma
verdadeira artista, como eu, seu cenário não vale nada.

Gordon a olha com raiva. Quando vai sair, Isadora o interrompe.

Isadora
Espera, não queria te ofender.

Gordon
Ofendido eu? Nunca. Todas as mulheres são insuportáveis.

Isadora
Vem aqui, me abrace. Vamos esquecer isso.
Estou grávida, meu querido. Sonhei hoje com sua mãe.
Ela disse que nascerá uma menina, de cabelos loiros
e cacheados.

Gordon
Ainda isso? Vocês são todas iguais.

Gordon sai.

Raymond entra.

CENA XIII

Mary
O que vai fazer, Isadora?

Isadora
Eu o amo profundamente, mas viver com ele é o mesmo que renunciar a minha vida.

Raymond
Por que Isadora não pode criar o filho sozinha?

Isadora
Já cuido de quarenta crianças órfãs em minha escola, por que minha filha precisaria de um pai?

Mary
Não gosto dele, mas você tem que se casar. Sua vida será muito mais fácil com um pai para essa criança.

Isadora
Só vai enviar cartas falando de casamento? Minha vida seria muito mais fácil se eu abandonasse a escola de dança e devolvesse essas quarenta crianças a seus responsáveis.

Mary
Raymond, então você terá que cuidar de sua irmã.
Ela não pode criar esse filho sozinha.

Raymond
Estou indo para a Albânia. A guerra deixou milhares de pessoas na miséria.

Isadora
Você também vai me deixar?

Raymond
Eles precisam de ajuda.

Mary
Sua irmã está precisando de ajuda!

Raymond
Isadora tem a escola, tem seus séquitos de seguidores. Tem dinheiro. A arte não importa mais para mim.

Isadora
Estou sem dinheiro, Raymond. A escola consome tudo que ganho. E, grávida, não posso fazer turnês.

Raymond
Você dará um jeito.

Isadora
Minha vida seria mais fácil se não fosse a escola.

Raymond
Teria dinheiro sobrando para gastar em festas? Em hotéis de luxo? Você nasceu para criar uma nova dança, Isadora.

Isadora
E consegui isso.

Raymond
Você conseguiu que o público te aplauda. Mas e daí?
Se morrer, junto morre sua dança.

Isadora
Não seja tão duro. Está difícil passar por essa gravidez sozinha. Sou criticada o tempo todo.

Raymond
Criará sua filha sozinha e não há problema nisso.
Assim como mamãe nos criou.

Isadora
Se ao menos ela viesse ficar ao meu lado.
Você vem, mãe?

Mary
Raymond, como pode deixar Isadora?

Raymond
A senhora partiu primeiro.

Mary
Ela não estava grávida.

Raymond
Então volte.

Isadora
Mãe, você volta?

Mary
Tenho as aulas de piano. E aqui temos camarões o ano inteiro.

Isadora
Camarões?

Mary volta a abrir o piano e toca algumas notas.

Mary
É a primeira vez que posso decidir as coisas por mim.

Isadora
Não poderei mais lhe mandar dinheiro. Nem a Raymond.

Mary
Não precisa.

Isadora
Como fará sem o dinheiro que lhe mando?

Mary
Vocês cresceram, Isadora. Agora preciso cuidar de mim.

Isadora
E eu?

Mary continua a tocar.

Isadora
Mãe, você não vem? Mãe!

A luz se apaga. Fim do primeiro ato.

ATO II

CENA I
Toca a Sexta Sinfonia. **Isadora entra dançando.**

Entra Lohengrin.

Lohengrin
A dor que sinto pela morte de minha mãe se acalma quando a vejo dançando.

Isadora
Você tinha quantos anos quando ela morreu?

Lohengrin
Dez anos.

Isadora
Até hoje não aceita sua morte?

Lohengrin
Todos os dias eu a vejo em seu caixão.

Isadora
Deve ser triste viver assim.

Lohengrin
Desde que te vi dançar, essa imagem não me perturba mais.

Isadora
Não se pode contestar a morte.

Lohengrin
E daí?

Isadora
E seu pai?

Lohengrin
Sempre pelo mundo, com muitas mulheres. Fui criado pela governanta e os criados.

Isadora fica desconfiada.

Isadora
Quem é você?

Lohengrin
Um admirador. É a quarta vez que venho lhe ver dançar.

Isadora
Mas qual o seu nome?

Lohengrin
Paris Singer.

Isadora para de dançar.

Isadora
Paris Singer?

Lohengrin
Sim, sou eu.

Isadora
Esperava outra pessoa.

Lohengrin
Outra pessoa?

Isadora
Estou procurando ajuda para sustentar minha escola. Falaram de você.

Lohengrin
Precisa de dinheiro? Uma artista como você?

Isadora
Gasto tudo com minha escola. Médicos, remédios...
Parece que adotei todas as crianças doentes da cidade.
Agradeço que tenha vindo, Paris Singer.

Isadora dá a mão a ele, despedindo-se.

Lohengrin
Não precisa da minha ajuda?

Isadora
Preciso. Muito. Mas devo achar outra pessoa.

Lohengrin
E por que não eu?

Isadora
Esperava que fosse apenas um milionário. Com eles, eu sei lidar.

Lohengrin
Não compreendo.

Isadora
O senhor sabe que tenho uma filha de quatro anos? Deirdre. Eu a crio sozinha, o pai a viu poucas vezes.

Lohengrin
Por isso me manda embora?

Isadora
Te mando embora porque entrou falando da morte de sua mãe e de sua dor. Te mando embora pela forma como me olha.

Lohengrin
Venha passar uma temporada comigo. Você e sua filha. Vamos viajar pelo rio Nilo, meu barco está lá. Depois você diz se devo ir embora.

Lohengrin pega uma mala que está no canto de cena e dá para Isadora.

Isadora
Não posso abandonar minha escola, estamos à beira da miséria.

Lohengrin
Daqui por diante, você vai descansar em mim.

Isadora
Não sei se consigo lidar com o amor outra vez.

Lohengrin
Me dê ao menos uma chance.

Isadora
E se...

Lohengrin
Vou cuidar de você, Isadora, pois ao seu lado, já não sinto dor.

Os dois se beijam.

Lohengrin
Espero vocês amanhã, às oito, na estação.

Lohengrin sai. Isadora abre a mala e tira de dentro roupas da moda, sapatos de salto alto e joias. Ao longo da cena, ela vai tirando as túnicas e colocando as roupas que estão na mala.

CENA II

Isadora
Mãe? Mãe?

Mary
Diga, Isadora.

Isadora
Conheci meu grande amor.

Mary
De novo?

Isadora
O nome dele é Paris Singer, mas eu o chamo de Lohengrin, meu Cavaleiro do Graal, que me ajuda a combater os obstáculos da vida.

Mary
Ele aceita que tenha uma filha com outro homem?

Isadora
Deirdre está conosco. Ela estava doente e Lohengrin ajudou a cuidar dela como se fosse sua filha.

Mary
Soube que cancelou a turnê.

Isadora
Voltarei a me apresentar na próxima estação. Ou não. Mãe?

Mary
Diga.

Isadora
Estou grávida.

Mary
Vai se casar, então?

Isadora
Estou pensando em tirar a criança.

Mary
Na mesma carta diz que encontrou o homem da sua vida, que está grávida e que pensa em abortar? Por que me escreve, Isadora?

Isadora
Porque é minha mãe. Lohengrin sofre todo dia a ausência de sua mãe. Eu também sinto sua falta.

Mary
Por que pensa em tirar essa criança?

Isadora
Tenho medo da inconstância dos homens.

Mary
Ter ou não essa criança não mudará isso.

Isadora
Mas uma nova gravidez me deixa vulnerável.

Mary
Então se case.

Isadora
Que diferença faria?

Mary
Ele passa a ser legalmente responsável por vocês.

Isadora
Papai era responsável por nós e mesmo assim nos abandonou.

Mary
Sua história não precisa ser igual a minha.

Isadora
Não admito que precise de um contrato de casamento para validar nosso amor.

Mary
Preciso ir, minha aluna me espera.

Isadora
Estou com medo, mãe.

Mary
Tenha fé na vida. É a única coisa que posso te dizer.

Entra Lohengrin.

CENA III

Lohengrin
Quando recebi seu telegrama, faltava meia hora para tomar o navio. Mas por que tanta pressa?

Isadora
Não quero mais estar longe de você!

Lohengrin
Está chorando?

Isadora
Estou esperando um filho seu.

Lohengrin
Tem um filho meu aqui dentro?

Isadora
Está feliz, então?

Lohengrin
Você sabe o que acaba de dizer? Que a mulher que amo está esperando um filho meu!

Os dois se beijam.

Lohengrin
Acha que será um menino?

Isadora
Fiquei com medo de que me desprezasse.

Lohengrin
Você sabe o quanto te amo? Ainda está chorando?

Isadora
Verei de novo meus seios ficarem moles e meus tornozelos inchados.

Lohengrin
Eu cuidarei de você, Isadora. De vocês. Criaremos Deirdre e nosso filho. Amanhã partiremos para Inglaterra. Vamos ficar um tempo em minha casa de campo.

Isadora
Eu te amo tanto.

Lohengrin
Não vamos nos separar nunca mais!

Mary começa a tocar uma valsa. Lohengrin chama Isadora para dançar e os dois dançam até saírem de cena.

Entram pelo outro lado, Lohengrin andando à frente de Isadora.

CENA IV

Lohengrin
Que acha de nos casarmos mês que vem? Será que ainda conseguimos disfarçar a gravidez?

Isadora
Minha barriga já está grande, meu querido.

Lohengrin
Casaremos depois, então. Assim, nem precisamos sair daqui. Vamos ficar até a criança nascer.

Isadora
Sinto falta de música. Sinto falta de gente.

Lohengrin
Por que essa voz? Aconteceu algo com Deirdre?

Isadora
Nunca esteve tão feliz. Adora os bichos.

Lohengrin
Então por que está assim?

Isadora
Assim que nosso filho nascer, vamos voltar para Paris. Quero organizar uma nova turnê. Vou celebrar o nascimento dele dançando a Oitava Sinfonia.

Lohengrin
Sairá em turnê e deixará eu e nosso filho?

Isadora
Vocês me acompanharão, claro!

Lohengrin
Irá dançar e eu ficarei em um quarto de hotel com nosso filho, aguardando?

Isadora
Toda noite você irá me ver dançar.

Lohengrin acha graça.

Lohengrin
Isadora, você terá um filho meu. Não precisará mais fazer turnê.

Isadora
Como não farei mais turnê?

Lohengrin
Nos casaremos assim que ele nascer.

Isadora
Casar...

Lohengrin
Podemos nos casar na Itália, ou em Versalhes.
Você gosta tanto de lá.

Isadora
E o que farei depois que nos casarmos?

Lohengrin
Criará o nosso filho!

Isadora
O que farei além disso?

Lohengrin
Terá as crianças, os amigos, nossas viagens.
Iremos viver em Londres, ou aqui, se preferir.

Isadora
E o que farei?

Lohengrin
O que você quer dizer com isso?

Isadora
Eu não vou abandonar minha dança.

Lohengrin
Agora você está esperando um filho meu!

Isadora
E daí? A arte precisa de mim! A dança precisa de mim.
Não posso passar a vida à bordo de um iate.

Lohengrin
Não estou entendendo.

Isadora
Sabe o que penso, sinceramente? É muito difícil que
pessoas ricas como você realizem algo sério na vida.

Lohengrin
O dinheiro me impede de realizar algo sério,
isso que disse?

Isadora
Você sempre tem um iate no porto pronto para sair.

Lohengrin
O que faço por sua escola, é bobagem?

Isadora
Não te culpo, meu querido. Se eu tivesse nascido
tão rica como você, talvez não tivesse me tornado
uma pessoa importante.

Lohengrin
Vem cá, ajudarei a tirar essas esmeraldas do seu
pescoço, antes que façam de você uma pessoa sem valor.

Lohengrin puxa com força o colar de Isadora, que arrebenta.

Isadora
Pare, meu querido, pare. Não vamos brigar.
Estou esperando um filho seu.

Lohengrin
Espera um filho meu, mas é muito importante
para se casar comigo?

Isadora
Não foi isso o que eu disse.

Lohengrin
Acaba de me rejeitar? Está certa disso?

Isadora
Pare, Lohengrin! Precisa me compreender...

Lohengrin
Como fui inocente! Achei que deixaria de ser prostituta
para ser uma mãe de família.

Isadora
Prostituta?

Lohengrin
Prostituta!

Isadora
Tenho uma missão na vida, Lohengrin, revolucionar a dança. Te perdoo porque você nunca compreenderá isso.

Lohengrin
Criará esse filho sozinha! Deverá eternamente a ele e Deirdre uma família.

Lohengrin sai. Começa uma festa e Isadora dança. A mãe toca uma música animada no piano.

CENA V

Isadora
Quero propor um brinde ao corpo pagão!
Aos lábios apaixonados, às alegrias inocentes e deliciosas.
Um brinde aos prazeres da vida.

Mary
O que houve com o seu cavalheiro?

Isadora
Pela terceira vez, tomo a decisão de dedicar minha vida à arte, que é infinitamente mais grata do que os homens.

Mary
Voltará a sustentar sua escola?

Isadora
Farei uma nova turnê.

Mary
Grávida?

Isadora
O que é que tem?

Mary
Como esconderá sua barriga?

Isadora
Quem disse que esconderei? Irei dançar o poder da criação.

Mary
E acha que entenderão?

Mary começa a rir e toca a música com mais vivacidade e Isadora dança. Entra uma cigana, que pega em sua mão.

Isadora
Só não venha me falar de grandes amores.

Isadora lhe dá a mão.

Cigana
Você é filha do Sol, veio ao mundo para espalhar alegria e beleza.

Isadora
Acharei ajuda para sustentar minha escola?

Cigana
Depois de muito viajar, você construirá templos por todo o universo.

Isadora
Viu, mãe? O que mais vê aí?

Cigana
Vejo que tem um futuro trágico.

A mãe para de tocar e se levanta para escutar a cigana. Isadora para de dançar.

Isadora
Me solta! Do que está falando?

Cigana
Não fuja da tragédia. Assim como Édipo, quanto mais fugir, mais se aproximará dela.

Isadora
Mentira!

Cigana
Não poderá escapar de seu destino.

Isadora
Tirem essa cigana daqui. Tirem essa mulher daqui!

A cigana sai de cena.

Mary
Era apenas uma cigana, Isadora.

Isadora
Estou com frio.

Mary
Esqueça o que ela disse.

Isadora
Se ao menos Lohengrin viesse nos ver. Patrick sente falta do pai.

Mary
Se concentre em sua dança, minha filha.

Mary toca a marcha fúnebre e Isadora começa a dançar. Quando a dança acaba, a luz se acende e vemos Lohengrin.

CENA VI

Lohengrin
Nunca mais dance isso, Isadora! A morte estava ao seu lado... Senti o cheiro das flores funerárias.

Isadora
Meu querido, não acredito que voltou! Morro de saudades...

Lohengrin
Que mãos geladas!

Isadora
Tenho sentido uma angústia enorme, como asas sombrias me perseguindo. Voltará para mim e para o Patrick?

Lohengrin
Como ele está?

Isadora
Está lindo. Cada dia é mais difícil me separar dele e de Deirdre. Têm paixão pela arte e imploram que eu dance para eles.

Lohengrin
Patrick será um artista?

Isadora
Ele dança toda hora e não aceita lições. Venha vê-lo, Lohengrin, estão em Versalhes.

Lohengrin
Hoje não posso, mas amanhã jantaremos juntos.
Eu, você, Patrick e Deirdre.

Isadora
Como é bom saber que está de volta.

Lohengrin
Passarei um tempo em Paris. Quero que Patrick
fique comigo.

Isadora
Ainda está com aquela moça?

Lohengrin
Por que quer saber?

Isadora
Duvido que tenha me esquecido.

Lohengrin
O amor só nos trouxe sofrimento, Isadora.

Isadora
Pensou em mim nesses últimos anos?

Lohengrin
Tenho que ir.

Isadora
Só diga que me esqueceu.

Lohengrin
Amanhã conversaremos.

Isadora
Eu ainda te amo, Lohengrin.

Lohengrin
Até amanhã, Isadora.

Lohengrin sai. Isadora começa a se arrumar. Fala com a empregada, que está fora de cena.

CENA VII

Isadora
Leonor? Arrume as crianças, jantaremos com Lohengrin. Estejam em meu estúdio às seis.

Leonor
Parece que se aproxima uma tempestade, não seria melhor eles ficarem?

Isadora
Não, esse encontro trará Lohengrin de volta, preciso das crianças presentes. Quando vir Patrick, esquecerá todos os seus ressentimentos.

Leonor
Tem certeza de que não é melhor esperar a tempestade passar?

Isadora
Cheguem às seis, sem atraso. Tenho certeza de que Lohengrin voltará para mim. Poderemos construir um teatro onde Patrick e Deirdre continuarão o meu trabalho. Minha escola poderá...

Ouve-se um berro fora de cena. Isadora para de falar. Fica imóvel. Entra Lohengrin.

Lohengrin
As crianças... as crianças morreram.

Isadora
Não compreendo o que diz.

Lohengrin
As crianças morreram.

Isadora
Calma, meu querido, isso não pode ser verdade.

Lohengrin
A chuva, o automóvel... As crianças se foram...

Isadora
Deve ter algum engano. Ligarei para Versalhes. Talvez ainda estejam lá. Pedi à Leonor que chegassem pontualmente. Sei que não gosta de atrasos...

Lohengrin
Escuta, Isadora! As crianças morreram. Morreram!

Pausa, silêncio, blackout. Barulho de carro batendo, pessoas socorrendo, confusão e berros. Silêncio. Começa a tocar Orfeu, de Gluck. Acendem-se dois fachos de luzes, como se estivessem iluminando dois caixões. Isadora começa a rasgar as roupas que veste e retirar suas joias.

Isadora
Minhas crianças, meus filhos, serão reduzidos a um punhado de cinzas. Essas mãos não apertarão mais as minhas, nunca mais os verei sorrindo e dizendo: "Mamãe, dance para a gente!".

Lohengrin
Isadora, eles precisam ir.

Isadora
É certo que vivem em algum outro lugar, não podem ser apenas esses corpinhos gelados...

A luz dos caixões se apaga e Lohengrin começa a sair de cena.

Isadora
Aonde vai?

Lohengrin
Embora.

Isadora
Vai me deixar?

Lohengrin
Eu já convivia com a imagem de minha mãe.
Agora, terei que lidar com essa.

Isadora
Você dizia que eu aplacava a angústia que sentia por sua mãe. Agora, você tem que me ajudar com minha dor.

Lohengrin
Não causamos nada um ao outro a não ser dor.

Isadora
Não pode me deixar sozinha.

Lohengrin
Acha que é a única que ficará sozinha? Eu nunca me senti tão só.

Isadora
Fique comigo, então, eu imploro!

Lohengrin sai.

CENA VIII
Mary traz as túnicas de Isadora na mão. Isadora começa a colocá-la no corpo, com dificuldade, e ela vai se rasgando. No final desta cena, sobra apenas a echarpe do começo da peça.

Mary
Pegue suas túnicas e volte a dançar.

Isadora
Não consigo me mover.

Mary
Não poderá ficar neste quarto para sempre.

Isadora
Por que Lohengrin não vem? Por que ele não atende aos meus apelos?

Mary
Nenhum homem te fará feliz. Vista a túnica e volte a dançar.

Isadora
Às vezes penso que foi tudo um grande engano, mas aí vejo a imagem dos meus filhos mortos.

Mary
Esqueça por um momento.

Isadora tenta colocar a túnica, mas ela se rasga quase por completo. Isadora fica apenas com a echarpe na mão.

Isadora
Por que você não vem ficar comigo?

Mary
A Europa está em guerra. Não consigo ir até você.

Isadora
Se ninguém vier, eu morrerei.

Barulhos de guerra. Entra Raymond.

CENA IX

Raymond
Já chega Isadora, você precisa sobreviver a essa dor.

Isadora
Peço todo dia que essas bombas caiam sobre mim.

Raymond
Você tem que retomar a vida.

Isadora
Os meus sonhos estão destruídos.

Raymond
Venha comigo. Pessoas estão morrendo de fome, temos que ajudar.

Isadora
Não posso ver mais dor, Raymond. Ficarei em Paris, à espera de Lohengrin.

Raymond
Como pode continuar como esse sofrimento egoísta? Sabe que Lohengrin não voltará.

Isadora
Pare, Raymond. Não fale isso. Preciso de ar. Morrerei sufocada se não encontrar algum alívio.

Raymond
Então volte a dançar. Só isso te ajudará a sobreviver.

Raymond parte. Barulhos de guerra se intensificam e vão diminuindo. Entra Lohengrin.

CENA X

Lohengrin
Isadora? Por fim consigo te achar. O que faz nesse quarto imundo?

Isadora
Por que demorou tanto?

Lohengrin
Estou atrás de você há meses. A única informação que tinha é que estava doente e sem dinheiro.

Isadora
Não quero mais viver.

Lohengrin
Você vai voltar a dançar para multidões.

Isadora
Voltar a dançar para quê?

Lohengrin
A guerra vai acabar.

Isadora
Precisei tanto de você. Por onde andou?

Lohengrin
Tive que fugir de qualquer coisa que me lembrasse daquele acidente.

Isadora
Não houve dia em que não esperei por você.

Lohengrin
Juntos, nos destruiríamos.

Isadora
Você é a coisa mais importante da minha vida, Lohengrin.

Lohengrin
Sou o que mais importa na sua vida?

Isadora
É o homem mais importante da minha vida.

Lohengrin
Ah, o homem.

Isadora
E o que tem?

Lohengrin
Sua dança é o que você mais ama na vida, Isadora.
Todo o resto é secundário.

Isadora
E por isso não podemos ficar juntos?

Lohengrin
Não vamos voltar para essa discussão. Esse tempo já passou.

Isadora
Não para mim!

Lohengrin
Nunca poderei te oferecer nada além do meu amor egoísta. Um amor que pediria, dia após dia, que escolhesse entre eu e sua dança.

Isadora
Mas por que não posso ter você e minha dança?

Lohengrin
Por que não posso ter você, sem que para isso tenha que renunciar à minha vida?

Isadora
Renunciaria a quê?

Lohengrin
Eu também tenho sonhos, Isadora. Teria que deixar de vivê-los para aplaudir cada uma de suas apresentações.

Isadora
Para onde vou sem você? Estou pobre, doente e sem vontade de sair deste quarto para um mundo destruído pela guerra. O que faço, Lohengrin? O que faço com essa escuridão?

Lohengrin
Você ficou muito tempo aqui. Não sabe o que te espera lá fora. A guerra está acabando. Muitos países estão se reconstruindo. Nos Estados Unidos, você é reconhecida como a criadora da nova dança. Suas alunas cresceram e criaram novas escolas pelo mundo.

Isadora
Minha escola... Meu caminho teria sido mais fácil se não gastasse tanto dinheiro com ela. Hoje não estaria tão pobre.

Lohengrin
Sua dança sobreviverá a você. Será eternamente lembrada como a criadora da dança moderna.

Isadora
De que adianta? Não tenho nem para onde ir.

Lohengrin
Vim buscá-la para que volte aos Estados Unidos. Jornais, revistas, todos os artistas esperam a volta de Isadora Duncan.

Isadora
Meu país me reconhece?

Lohengrin
Reconhece e implora para que volte.

Isadora
Sempre fui a filha rejeitada. Por que agora deixariam de me atirar pedras?

Lohengrin
Seu país mudou. Os artistas refugiados, as pessoas que migraram para lá, tudo contribuiu para que eles se abrissem para o mundo.

Isadora
Mas isso não quer dizer que compreendam minha arte.

Lohengrin
Não há jornal que não pergunte "Onde está Isadora Duncan?".

Isadora
Devo voltar para meu país?

Lohengrin
A Europa será reconstruída e estará sempre à sua espera.

Isadora
Retornarei tão pobre quanto há vinte anos, quando peguei aquele cargueiro. A vida é engraçada.

Lohengrin
Engraçada, talvez.

Isadora
Você vem comigo?

Lohengrin
Voltarei para Londres.

Isadora
Mais uma vez vem me salvar para depois me abandonar?

Lohengrin
Nunca te abandonarei, apenas não estarei ao seu lado.

Isadora
Quando o vi entrando, achei que ficaríamos juntos.

Lohengrin
Vamos? Fará uma apresentação de gala em Nova York, na sua chegada. Já está tudo organizado.

Isadora
Estarei esperando o dia em que me aceite.
Do jeito que sou.

Lohengrin
Sua mãe te esperará no porto.

Isadora
Minha mãe?

Lohengrin
Há quanto tempo não se veem?

Isadora
Dez anos.

Lohengrin conduz Isadora para fora do palco. Ela entra pelo outro lado e reencontra Mary.

CENA XI
Mary e Isadora se reencontram como na primeira cena, mas dessa vez é a mãe que leva Isadora à frente da cena para se olharem no espelho.

Mary
Sim, Isadora, temos o sofrimento no rosto.
Mas olhe, há algo em nossos rostos que não é igual.

Isadora
O que é?

Mary
Eles não se assemelham em sua alegria.

Isadora
Como assim?

Mary
As marcas da tristeza são parecidas.
Aquilo que brilha é diferente.

Isadora
Ainda não entendo.

Mary
Seu rosto é marcado por um destino.
A vida pode ser trágica, mas seu destino é dançar.

Isadora
E o seu?

Mary
Eu nunca soube, por isso vivi seu sonho como se fosse o meu. Só percebi isso quando me afastei de você.

Isadora
Senti tanto a sua falta.

Mary
Não podia estar ao seu lado. Precisava construir uma vida que fosse minha.

Isadora
E conseguiu?

Mary
Dou aulas de piano, leio poesias antes de dormir. Moro perto da praia e posso comer camarões quando tenho vontade. Para mim, isso basta. Agora, para você, a vida reservou algo muito maior. Não pode fugir disso.

Isadora
No tempo em que fiquei naquele quarto, pensei que a vida estava me castigando pelo meu orgulho. Que a arte não vale nada perto do sofrimento.

Isadora vê os trapos que estão no palco, da tentativa que ela fez de colocar a túnica. Pega um deles.

Isadora
Você me ajuda?

Mary começa a colocar os trapos em Isadora.

Isadora
Seria a arte maior que a vida?

Mary
Maior ou menor, não importa. Você deve dançar, minha filha. Apenas isso.

Mary entrega a Isadora a echarpe e vai até o piano. Isadora começa a dançar com a echarpe.

Isadora
Tem dias em que olho para trás e minha vida parece uma estrada dourada em uma manhã luminosa. Tem dias que não sinto mais do que um desgosto profundo, um vazio absoluto. Onde está a verdade sobre a vida humana?

Fim

FONTE Bell MT
PAPEL Pólen 80 g/m²
IMPRESSÃO Paym